生活與旅行會<del>說常必用</del>

3-Minute Daily English

全圖解
一天3分鐘
情境英語

今天起，就以輕鬆愉快的心情開始
一天3分鐘的情境英語吧！

瞄準核心的單一重點英語！

英語其實用簡單的單字輕鬆説出口就可以了。只用已知、並經常在日常生活中使用的英語單字也可充分地與外國人進行對話。為了讓您可在各種狀況中溝通，本書分各個主題，並只針對重點英語單字做説明。

應用3分鐘會話內容來看、聽英語！

英語無法靠一天苦讀就大幅提升實力，每天的練習量要能「不讓人感到厭煩」是相當重要的。請跟著書中每天3分鐘的會話內容，持續每天一點一點的練習，會發現在某個時間點就開始聽得懂跟開口説了。

一看就理解的圖片英語

光看單字都覺得難了，再簡單的單字要背起來也是需費點力。請透過圖片聯想狀況，並用英語説説看。直觀地去理解的話，就會長久地留在記憶裡。

期望透過本書特別規劃的內容，能夠讓英語學習變得更簡單！

作者 J. Young

在咖啡廳 At a Café

Caffé latte, please.

For here or to go?

To go.

What size?

Small.

Your name?

Alice.

medium / large

Anything else?

No.

A: 我要拿鐵。
C: 要什麼大小呢？ / A: 小的。（中的、大的）
C: 還有其他需要的嗎？ / A: 沒有。

C: 內用還是外帶？
A: 外帶。
C: 姓名是？ /
A: 艾莉絲。

Tip. 當服務生問我的名字？
像星巴克這種客人到櫃台組自點餐的
咖啡店，店員可能會在點完餐點的
最後詢問你的大名，待餐點準備完成
後，店員就會呼叫你的名字。因此，
跟店員說簡單的英文名字即可。

16

17

1

各種情景的圖畫

從在咖啡廳內點餐的內容到
旅行、緊急狀況等都用圖畫
來表達，讓您可直觀地熟悉
單字跟會話。

跟圖片一起記憶，就可以更
輕易且有趣地學習。

2

英文會話與中文解釋分開

為了讓您在練習英語會話時不
被中文所影響，對話的中文解
說統一置放在該頁下方。

3

實戰會話跟文化 Tip

作者分享自己在國外旅行
時與生活中所使用到的會
話，以及體驗到的文化。

告訴您用簡單的單字跟外
國人溝通的方法、第一次
接觸的狀況時用英語應對
的技巧。

餐廳小費！刷卡？

· 根據對於服務生提供的服務滿意度而支付「小費」。

· 自助服務的咖啡、速食店不需要支付小費。

· 雖然在美國給小費是種禮貌，但沒有小費文化的國家也很
多，因此請先確認旅行國家的文化。

· 由於是負責餐桌的服務生拿走小費，點餐或要求事項可向
該服務生說。

· 小費的金額一般約是用餐金額的 10~20%，可用現金或信
用卡支付。

● 用現金支付時

將用餐金額跟小費放在餐桌上後離開。

4

外師錄音會話 MP3

可使用手機或平板掃瞄 QR
Code 聆聽外師錄製的道地
發音會話 MP3，並跟讀來
提升英語實力。

S: 請出示你的票券。
S: 請上樓。/ J: 請問外套室（物品保管處）在哪裡？
S: 就在那邊。/ J: 啊，謝謝。

☐ 目錄

1

美食店
Tasty Restaurants

2

手機
Cell Phones

Google Maps

3

購物
Shopping

4

交通
Traffic

5

文化生活
Entertainment

6

旅行
Travel

7

日常 & 緊急
Daily Life & Emergencies

8

基礎表達
Basic Expressions

1   Hello.   你好。

2   Thank you.   謝謝。

3   Excuse me.   不好意思。

4   I'm sorry.   抱歉。

5   What is it?   這是什麼？

6   This (one).   這個。

7   Here.   這裡。

8   Help me!   請幫幫我！

9   I can't speak English.   我不會說英語。

10   I'm from Taiwan.   我是從台灣來的。

A   Alice 艾莉絲   **J**   John 約翰

 C   Cashier 結帳人員

     Crew 空服人員

     Custom officer 關稅人員

 W   Waiter 男服務生

     Waitress 女服務生

B Bartender 吧檯人員

 P Person 人

 Policeman 警察

 Pharmacist 藥師

 S Staff 職員

 D Driver 司機

 T Ticket officer 售票員

 G Guard 保全人員

 I Immigration officer 入境審查人員

1

美食店
Tasty Restaurants

medium / large

A: 我要拿鐵。

C: 要什麼大小呢？ / A: 小的。（中的、大的）

C: 還有其他需要的嗎？ / A: 沒有。

C: 內用還是外帶？/
A: 外帶。
C: 姓名是？/
A: 艾莉絲。

Tip. 當服務生問我的名字？

像星巴克這種客人到櫃台親自點餐的咖啡店，店員可能會在點完餐點的最後詢問你的大名，待餐點準備完成後，店員就會呼叫你的名字。因此，跟店員說簡單的英文名字即可。

17

[咖啡菜單 Café Menu]

Coffee 咖啡

- Espresso 濃縮咖啡
- Espresso Macciato 瑪琪雅朵濃縮咖啡（濃縮咖啡+牛奶）
- Caffé Americano 美式咖啡
- Caffé Latte 拿鐵咖啡
- Caffé Mocha 摩卡咖啡
- Cappuccino 卡布奇諾
- Cold brew / Iced Coffee 冰咖啡
- Decaf 低咖啡因咖啡（去掉咖啡因的咖啡）

Tea 茶

- Black Tea 紅茶
- Green Tea 綠茶

➔ 服務生接受點餐時

要熱的還是冰的？
Hot or iced?

➔ 菜單上沒有冰咖啡時

請給我冰塊。
Ice, please.

請放冰塊到咖啡裡。
Coffee over ice, please.

➔ 點餐時或在櫃台有請求事項時

<u>請多加一份濃縮咖啡</u>。
<u>Extra shot</u>, please.

_ sleeve 杯墊
_ straw 吸管
_ refill 續杯
_ low-fat milk 低脂鮮奶

請去掉鮮奶油。
No whipped cream, please.

A: 一個人。（兩、三、四）/
W: 請等一下。請往這邊。
W: 要喝什麼嗎？ / **A:** 不用。

Tip. 先問飲料的服務生！

在餐廳入座之後，服務生通常
會先會問是否需要飲料，這時
可以要求免費提供的「tap water
（自來水）」，也可以不點飲料，
直接閱讀菜單慢慢點餐。

W: 你要點餐了嗎？ / A: 還沒。

A: 不好意思！

A: 請給我這個。

W: 你的餐點在這裡。/
A: 謝謝。
W: 都還好嗎？/
A: 是的。

Tip. 問題很多的服務生！

用餐的過程中，服務生可能會過來詢問餐點是否 ok，若無異常的話，回答「Good.（很好。）」或「Yes.（是的。）」即可。由於有整理餐桌的服務，服務生會將用完的碗盤收走。

W: 都用完了嗎？ / A: 是的。
W: 你還需要什麼嗎？ / A: 不，沒關係。請幫我結帳。

Breakfast Special

早餐特別菜單

All specials come with juice, coffee or tea.
所有特別菜單都附有果汁、咖啡或茶。

• **American Breakfast** 美式早餐 $22
Two eggs any style, fries, choice of bacon, ham or sausage
以您希望的風格提供2顆蛋、薯條,可選菜單是培根、火腿或
香腸其中一樣

• **Continental Breakfast** 歐陸式早餐 $18
Muffin, croissant or toast 瑪芬、可頌或吐司

• **Pancake** 鬆餅 $23
Syrup, butter, fresh berries 糖漿、奶油、新鮮莓果

• **Omelette** 歐姆蛋 $12
Spinach, onion, cheese 波菜、洋蔥、起士

→ **煩惱吃什麼時**

有什麼好吃的嗎？（有什麼推薦的嗎？）
What's good here?

那個人吃的是什麼？（指著餐桌）
What are they having?

→ **配菜菜單**

你要什麼樣的蛋呢？
How do you want your eggs?

_ Over hard 全熟
_ Over easy 半熟
_ Scrambled 炒蛋

你要什麼樣的馬鈴薯呢？
How about potatoes?

_ Fried potato 薯條
_ Mashed potato 馬鈴薯泥
_ Hash brown potato 薯餅

C: 你要吃什麼？ /
J: 請給我起司漢堡。
C: 要給你套餐嗎？ /
J: 不用。

Tip. 想點套餐時

像台灣一樣點「Cheeseburger set（起司漢堡套餐）」也可通。實際對話中服務生很常說「meal（餐）」這樣的單字，將它理解為配餐跟飲料等都有的套餐即可。

C: 你要喝什麼？ / J: 請給我可樂。（雪碧、柳橙汁、水）
C: 副餐呢？ / J: 請給我蘋果派。
C: 要等 15 分鐘。 / J: 好。

C: 內用還是外帶？/
J: 內用。
C: 總共是 6.45（美金）。/
J: 我要用信用卡。（現金卡、現金）
C: 請倒飲料享用。

Tip. 點了可樂卻得到空杯子？

在美國速食店內點碳酸飲料可
能會收到空杯，需親自去飲料
機盛裝。

＋ 補充表達 ＋

→ 點套餐時

請給我 1 號組合（套餐）。

Combo number one, please.

Tip. 點餐有困難的話，可以在櫃台看套餐的菜單，再說出選擇的號碼。

請給我大麥克套餐。

Big Mac meal, please.

請幫我薯條加大。

Upsize the fries, please.

→ 其他點餐要求

請幫我把漢堡切半。

Cut the burger in half, please.

請幫我去掉洋蔥。

Hold the onions, please.

J: 你要吃什麼？ / A: 牛排跟紅酒。

J: 我知道了。不好意思！

W: 可以幫你點餐嗎？ / J: 我要一個綜合沙拉跟兩個牛排。

W: 要給你什麼醬呢？／
J: 有什麼？
W: 有凱薩、法式、千島。／
J: 請給我法式。

Tip. 要吃什麼醬？

我推薦有綜合番茄醬跟美乃滋味道的千島醬。雖然每間餐廳製作的方法會有點不同，但都會有放入醋跟油的法式、以義式和美乃滋為基底的田園沙拉醬，以及凱薩醬。

W: 牛排要幾分熟？/

J: 三分熟。(較不熟)/

A: 我也是。

W: (點餐)都好了嗎？/

J: 要兩杯家常葡萄酒。

Tip. 選擇牛排熟度時！

點三分熟(有一點不熟)或五分熟(適當熟)時，可以享受有肉汁的牛排。

W: 你要紅酒還是白酒？ /
J: 紅酒。
W: 要再一點酒嗎？ /
A: 不用，可以了。
W: 要點心嗎？ / A: 沒關係。

Tip. 選酒很困難時！

如果因為酒的種類多樣而有選擇困難時，不妨試試店家精選葡萄酒「house wine」！它是餐廳裡價位較親民的普通等級葡萄酒，能佐以餐廳大部分的餐點。

➜ 向服務生要求需要的東西時

請給我鹽。

Salt, please.

_ Pepper 胡椒
_ Sugar 糖
_ Drink menu 飲料菜單
_ Chopsticks 筷子
_ Extra plates 小碟子
_ Check , Bill 帳單

➜ 餐點遲遲未來，或吃不下時

食物要來了嗎？

Is the food on its way?

（剩下的）食物可以打包嗎？

Can I get this to go?

➜ 餐點送來還沒品嚐時

請享用！

Enjoy your meal!

□ 各自結帳時

帳單可以分開嗎？
Can we get separate bills?

□ 好奇菜單使用的材料！

_ meat 肉類
_ beef 牛肉
_ pork 豬肉
_ chicken 雞肉
_ lamb 羊肉

_ sirloin 沙朗
_ tenderloin 菲力
　 rib-eye 肋眼排

_ seafood 海鮮
_ calamari , squid 魷魚
_ crab 螃蟹
_ prawns 大蝦 / shrimp 小蝦
_ clams 蛤蠣
_ oysters 牡蠣
_ tuna 鮪魚
_ salmon 鮭魚

J: 有生啤酒嗎？（罐裝啤酒）/
B: 有的。
B: 你要黑啤酒還是小麥啤酒？/
J: 請給我黑啤酒。

Tip. 小麥啤酒
（wheat beer）是？

去販賣各式各樣生啤酒的酒吧時，有時會被詢問要喝哪一種。這之中小麥啤酒的口感溫和，根據品牌會有花香或果香。

A: 有什麼雞尾酒呢？ / B: 這裡有清單。
A: 請給我莫希托。 / B: 好的。

J: 我要用信用卡付款。/
A: 我現在付款。
J: 喂！我來付款。/
A: 喔！謝謝！
J & A: 乾杯！

Tip. **Open Tab** 的意思是？

在酒吧，如果你不只想喝一杯酒，可以將信用卡遞給酒保並說「Open Tab」，等要離開時再一次結帳。

[雞尾酒單 Cocktail Menu]

• Mojito 莫希托
  = Lime + Mint leaf + Alcohol
  = 萊姆 + 薄荷葉 + 酒精

• Margarita 瑪格麗特
  = Lime + Tequila + Salt
  = 萊姆 + 龍舌蘭 + 鹽

Tip. 會盛裝在鹽口杯中送出來。

• White Russian 白俄
  = Kahlua (coffee liqueur) +
    Milk or Cream
  = 甘露咖啡力嬌酒（咖啡混合酒）+ 牛奶或鮮奶油

• Jack and Coke 威士忌可樂
  = Jack Daniel's (Whisky) + Coke
  = 傑克丹尼（威士忌）+ 可樂

預約米其林餐廳
Booking a Table at a Michelin-rated Restaurant

〈線上預約〉

• Make a Reservation
預約

↓

• Date / Time / Party
日期/時間/人數

📅 2020-11-11	🕐 18:00	👤 4

- First Name / Last Name /
  Phone Number / Email
  名字／姓氏／電話／（接受預約確認的）電子郵件
- Option 選擇事項（不一定要輸入）

Alice	Lee
+82-10-1111-1111	abcd@gmail.com

↓

- Complete Reservation
  預約完成

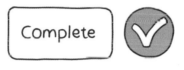

↓

- Booking Confirmation
  預約確認

< 無預約 >

W: 您有預約嗎？／ A: 沒有。

W: 現在沒有位子。

A: 請幫我把名字記在等待名單上。

W: 要室內還是室外呢？ / A: 室外。

A: 要等多久？ / W: 大約 30 分鐘。

餐廳小費！刷卡？

- 根據對於服務生提供的服務滿意度而支付「小費」。

- 自助服務的咖啡、速食店不需要支付小費。

- 雖然在美國給小費是種禮貌，但沒有小費文化的國家也很多，因此請先確認旅行國家的文化。

- 由於是負責餐桌的服務生拿走小費，點餐或要求事項可向該服務生說。

- 小費的金額一般約是用餐金額的 10~20%，可用現金或信用卡支付。

● 用現金支付時

將用餐金額跟小費放在餐桌上後離開。

- 用信用卡支付時

1. 將信用卡交給服務生，就可進行結帳。

   → 2. 在收到的信用卡收據上的「Tip」空格親自寫給予小費的金額、「Total」則寫上餐點和小費的合計金額。

   → 3. 簽名後，將該收據放在桌上離開。

   → 4. 稍後，包含小費的金額就會進行最終結帳。

- 舉例來說，下圖中小費 $20、總金額 $140 是由客人親自填寫的。

2

手機
Cell Phones

J: 請問有 SIM 卡嗎？ / C: 有，要什麼方案？
J: 有 10 天的好方案嗎？（一週、一個月）/
C: 這個如何？數據流量、通話、簡訊吃到飽。

Tip. 如果想在海外使用手機？

要使用當地的 SIM 卡或 Wi-Fi 分享器，可在台灣預先於網路上購買或租借。更換為當地的 SIM 卡時，電話號碼會變更，而無法接收原電話的認證通知或電話，可於網路搜尋因應的方式。

J: 多少錢？ / C: 20 美金
J: 我要這個。/
C: 好。請給我身分證。

A: 這裡有免費 Wi-Fi 嗎？ / C: 有的。
A: 名稱有很多個。是哪一個呢？ / C: 是 CAFE-FREE。

A: 密碼是什麼？ / C: 在收據上。
A: 可以了！

A: 信號不強呢。

A: 呃，這個 Wi-Fi 超慢。

A: 這超糟糕⋯連結斷了。

➜ 方案相關問題

你的方案是什麼？
What billing plan are you on?
* billing plan, service plan 方案

➜ 換 SIM 卡時

SIM 卡怎麼換呢？
How can I replace my SIM card?

有 SIM 卡針嗎？
Do you have a SIM card ejecting pin?

➜ 找到 Wi-Fi 無線上網區之後

這裡可以連 Wi-Fi 嗎？
Is Wi-Fi available?

哇！這裡比較連得到 Wi-Fi。
Oh! My Wi-Fi works better here.

玩 SNS（社群媒體）Doing Social Networking

A: 你玩臉書嗎？ /
J: 有，我會玩。
J: 我上傳了我的照片跟自拍。 /
A: 喔，不錯耶。

Tip.「自拍」、「自拍棒」的英文怎麼說？

自拍的英文是「selfie」，自拍棒則是「selfie stick」，使用自拍棒時，可能會不小心傷到別人，在某些國家或場所是被禁止的。

A: 請加我臉書好友。

J: 你的臉書名稱是什麼？ / A: 艾莉絲。

J: 我來找找看。
J: 這個是你嗎？ / A: 是，是我。

J: 我送出好友邀請了。 / A: 我收到了。

A: 我加你。 / J: 好！我們保持聯繫。

A: 不好意思。可以幫我照相嗎？ / P: 當然。
A: 請拍到背景。（全身照、上半身照）/ P: 好。

A: 照片晃到了。
A: 請再幫我照一張。/ P: 當然。
A: 真的很感謝。

+ 補充表達 +

➜ 照相前詢問

可以在這裡照相嗎？
Can I take a picture here?

這個可以照相嗎？
Can I take a picture of this?

➜ 照相前確認

禁止照相
No photography

禁止閃光燈
No flash

Tip. 就算是可照相的美術館、博物館，大部分都不能使用閃光燈。
照相前，請事先確認設定環境喔！

➜ 稍微移動一下下就可變成藝術照！

往<u>左邊 / 右邊</u>一點點。
Move a little to the <u>left / right</u>.

往<u>後 / 前</u>一步。
Take one step <u>back / forward</u>.

➜ 對想一起照相的人

我們一起照相吧。
Let's take a photo together.

➜ 撈出藝術照時？

這是我那天的藝術照。
This is the pic of the day.
* the pic 藝術照

Tip. 在 Instagram 上「藝術照」的 hashtag 會用「#POTD」。

J: 喂。哪位？ / **A:** 我是艾莉絲。

J: 喔！這是你的號碼嗎？ / **A:** 對，我換號碼了。

* No Caller ID
未顯示號碼

+ **補充表達** +

→ **想跟負責人通話時**

我可以跟艾莉絲通話嗎？
Can I speak to Alice?

我是。
Speaking.

她在通話中。
Her phone is busy.

→ **掛電話成需要重新打時**

我之後打給你。
I'll call you back later.

→ **手機模式**

我的電話是<u>無聲 / 震動</u>模式。
My phone is on <u>silent / vibrate</u> mode.

A: 我的電池用完了。
A: 你有充電器嗎？（行動電源）/ J: 有。
A: 這裡有插座嗎？ / J: 那裡。

* outlet 插座

I missed three calls.
I have to go, now.

9:15
Friday, 24 May
Missed Calls(3)

Oh! How can I give it back?

Text me, please.

J: 我有 3 通未接來電。我得走了。
A: 喔！我要怎麼還你這個？ / J: 傳訊息給我。

A: 我迷路了。

A: 不好意思。魚市場在哪裡？（公園、皇宮、教會、瞭望台）/

P: 我是第一次來。

P: 請等一下。喔，在這附近。/ A: 太好了！

P: 直走到十字路口。

P: 然後往左轉。(右轉)

下載！海外旅行必備 APP

1. 找路 APP：Google Maps

- 介紹導航、大眾交通、道路路徑。

- 沒辦法用網路時，可事先下載旅行
  地區地圖的「離線地圖」服務。

- 搜尋現在所在位置需要的設施（餐廳、酒吧、住宿等），
  會顯示周邊有的商店。可以參考評分跟心得來選擇想要的
  地方。

2. 住宿 APP：Airbnb

- 提供短期出租房間或共享房屋的服務。

- 輸入旅行地後可確認喜歡的住宿的位置、
  照片、心得、打掃費用、退款政策等，並申請預約。

- 在設定變更「旅行地貨幣單位」後結帳，匯率手續費就不
  會多收一次。

3. 計程車 APP：Uber

- 使用 APP 來預約載客車輛的服務。

- 不同國家的服務方式可能會有不同，也可能無法使用，請在旅行前確認。

- 可用信用卡支付計程車費用。

- 輸入上下車地點與信用卡號。

- 一般確定叫車後，會顯示司機頭像、車號、司機目前的位置，以及幾分鐘後抵達。

- 東南亞國家是使用 Grab。Grab 是一間在東南亞地區提供交通網絡服務的公司，利用智慧手機的定位與溝通功能，招募司機與媒合乘客搭乘。

4. 翻譯 APP：Google 翻譯（Google Translate）

- 是全世界許多人使用的翻譯 APP。

- 支援聲音辨識翻譯、照片內的文字翻譯。

3

購物
Shopping

S: 你好！需要幫忙嗎？ / A: 我只是在逛逛。

A: 這個有白色嗎？（黑色、灰色）/ S: 有的，你要什麼尺寸？

A: 中等的。

A: 我可以試穿嗎？ / S: 當然。

A: 試衣間在哪裡？ / S: 請往這裡。

S: 你在找什麼呢？ / J: 我在找球鞋。

S: 這個怎麼樣？ / J: 喔！我喜歡。

Tip. 海外鞋子尺寸表

台灣		23.0	23.5	24.0	25.0	26.0	27.0	28.0
美國	男	5	5.5	6	7	8	9	10
(US)	女	6	6.5	7	8	9	10	11
英國	男	4.5	5	5.5	6.5	7.5	8.5	9.5
(UK)	女	3.5	4	4.5	5.5	6.5	7.5	8.5
歐洲	男	38	39	40	41	42	43	44
(EU)	女	37	37.5	38	39	40	41	42

J: 我可以穿穿看 11 號的嗎？ / S: 不好意思，我們沒有那個尺寸。

S: 穿看看 10 號的如何？

J: 有合呢。（很緊、太鬆）

A: 我在找化妝水。（乳液、防曬乳）

A: 哪個是最好的？ / S: 這個。

A: 油性皮膚沒關係嗎？ / S: 沒關係，這適合所有膚質。

A: 我可以試用看看嗎？ / S: 可以，請用用看這個試用瓶。

S: 你喜歡嗎？ / A: 有點黏。

➔ 表達尺寸跟穿戴感時

我是<u>小 / 中 / 大</u>尺寸。
I take a <u>small / medium / large</u>.

有<u>更小 / 更大</u>的尺寸嗎？
Do you have a <u>smaller / bigger</u> one?

➔ 想看某個物品時

請給我看那個。
Please show me that.

➔ 詢問賣場位置時

請問食品店在哪裡？
Where is the grocery store?

請問電子產品賣場在哪一層？
Which floor are the electronics on?

➔ 要求非展示用的其他物品

有新的嗎？
Can I get a new one?

不好意思，這是最後一個了。
Sorry, that's the last one.

都賣完了。
It's sold out.

➔ 確認折價商品時

這個有折扣嗎？
Is this on sale?

折 **20%**。
It's on sale, twenty percent off.

A: 請問櫃台在哪裡？ / **S:** 在下面一層。（上層）
C: 總共是 114 美金 50 分。

A: 這是折扣價嗎？／
C: 對，是的。
C: 請輸入密碼。
C: 這裡請簽名。
C: 這是收據。

Tip. 信用卡用什麼貨幣結帳？

在海外刷卡結帳時，簽名前會出現「Selected payment currency: USD（或當地貨幣單位）or TWD」這樣的訊息。這是在問「要用何種貨幣單位結帳」，若想避免因二次匯兌產生的手續費，就選擇當地的貨幣即可。

A: 可以免稅嗎？ / C: 可以，請給我看你的護照。
C: 這是退稅申請書。請填寫後在機場提交。

+ 補充表達 +

➡ 討價還價時

可以給我打折嗎？
Could you give me a discount?

➡ 確認價格、折扣、折價券時

這個很便宜 / 貴呢。
It's cheap. / expensive.

這不是折扣價。
It is not the sale price.

這不適用折扣。
You charged me the original price.

我可以用這個折價券嗎？
Can I use this coupon?

J: 我想退款。

C: 你有收據嗎？ / J: 有，在這裡。

C: 喔，這是折扣商品。
C: 不好意思，不能退款。
J: 這裡有瑕疵。/ C: 嗯⋯

J: 我想換鞋。
C: 請你拿其他的過來。/
J: 謝謝。

Tip. 清倉！ Clearance！

購物到一半看到「Clearance」時，就進去看看吧！會有很大幅度的折扣。不過大部分購入的物品不能退換。

→ 退換貨時

我想退貨。

I'd like to return this.

我可以拿到差額的退款嗎？

Can you refund me the difference?

* **the difference** 差額

→ 退款時可能發生的狀況

需支付手續費。

We have a 10 % restocking fee.

* **restocking fee** 退貨放回倉庫的手續費
  （退貨時將物品重新整理包裝、再放回
  倉庫中的費用）

我們只提供商店消費抵用額度。

We can only offer you store credit.

* **store credit** 商店消費抵用額度
  （商店在顧客退回貨品之後，給予可以用來購
  買等值貨品的額度）

線上購物服務 Online Shopping Service

〈客服中心電子郵件〉

Hello.

My name is Alice. My order number is 12345.

I received a damaged item.

I would like to return my order and get a refund.

I've attached pictures.

Please confirm and inform me what I should do next.

I'm looking forward to your reply.

Best regards,

Alice

你好。

我的名字是艾莉絲。我的訂購號碼是 12345。

我收到了破損的商品。我想退掉我的訂購並獲得退款。

我將照片夾在附檔。請確認後告知我接下來的程序。

我會等待你的回覆。

謝謝（致上問候），

艾莉絲

* I've = I have

＋ 補充表達 ＋

→ 其他不滿事項

我到現在還沒收到物品。
I have not received my items yet.

我想取消訂購。
I want to cancel my order.

我收到不同的品項。
I received a different item.

我想收到我的新品。
I want to get my new one

→ 在購物網站上有用的單字

_ create an account 建立帳號
_ orders 訂購
_ QTY(= quantity) 個數、量
_ unit price 單價
_ on sale 折扣
_ payment 結帳
_ shipping 配送
_ estimated delivery 預定配送日
_ contact us 聯絡方式（客服中心）

好物！購物清單

- clothes 衣服
- pants 褲子
- shorts 短褲
- skirt 裙子
- vest 背心
- socks 襪子
- gloves 手套
- underwear 內衣
- swimsuit 泳衣

- shoes 鞋子
- bag 包包
- wallet（男性用）/ purse（女性用）錢包

- jewelry 寶石
- necklace 項鍊
- bracelet 手鍊
- earrings 耳環
- ring 戒指

- cosmetics 化妝品
- cleanser 洗面乳
- skincare 底妝
- makeup 彩妝
- lip stain 唇彩
- nail polish 指甲油

- perfume 香水

4

交通
Traffic

A: 請問公車站在哪裡？ / P: 從這裡走兩個路口。

A: 這個方向嗎？ / P: 對。

A: 我可以在那裡搭到市內的公車嗎？ / P: 不行，要轉車。

A: 最好的方法是什麼呢？ / P: 地鐵。

A: 地鐵要怎麼去？ / P: 最近的站…

P: 那個角落轉過去就是了。

A: 我要一張去市內的票。
A: 哪裡是往市內的方向呢？／
P2: 對面。

Tip. 省下交通費！

美國、歐洲交通費很貴。因此長期
滯留或搭乘次數多時在比較期間跟
價格後購買「PASS」會比較好。
one-day pass 一日券
one-month pass (= monthly pass) 月票

→ **去中央車站的路**

這是往中央車站的路對嗎？
Is this the right way to Central Station?

哪條線會去中央車站？
Which line goes to Central Station?

要去中央車站的話要在哪裡轉車？
Where do I transfer to Central Station?

要去中央車站的話要在哪個站下車？
Which stop do I get off for Central Station?

要去中央車站的話要往哪個出口？
Which exit do I take for Central Station?

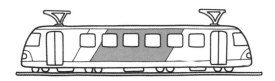

D: 要去哪裡？ / **J:** 市政府。
D: 請繫上安全帶。
J: 塞車呢！

J: 會花多久時間？ /
D: 20 分鐘左右。
J: 請在這裡停車。
J: 不用找零了。

Tip. 便利的計程車 APP！

最近使用 Uber 之類的 APP 叫計程車很常見。在 APP 中輸入目的地後就可進行呼叫司機跟結帳的程序，十分方便。費用也相對較便宜。

買火車票 Buying a Train Ticket

A: 往 LA 一張。

T: 什麼時候？ / **A:** 明天，下午 3 點左右。（今天、2 天後）

T: 有 3 點 15 分出發的火車。

> * depart 出發（動）; departure 出發（名）/
>   arrive 抵達（動）; arrival 抵達（名）

A: 要轉車嗎？ / T: 不用。

A: 多少錢？ / T: 要哪種等級的座位？

A: 最便宜的。

T: 你要單程還往返？ / A: 單程。
T: 135 美金。 / A: 好。請給我一張。

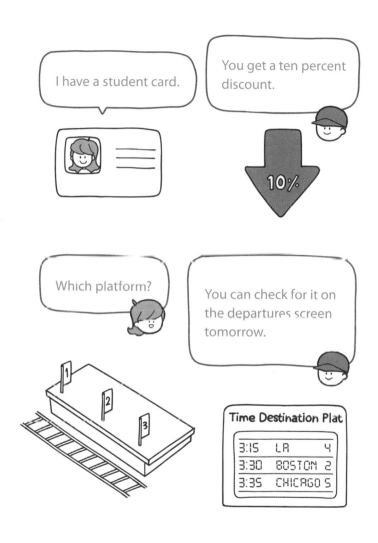

A: 我有學生證。 / T: 你有 10% 的折扣。

A: 在哪個月台？ / T: 明天可以在出發電子時刻表上確認。

J: 我有在網路上預約。這是預約確認書。

S: 請給我身分證跟駕照。

S: 請確認內容後簽名。

J: 自排、汽油、導航、完全免責險。對嗎？/

S: 對，不過 CDW（本人負擔金額）是 500 美金。完全保障一天是12美金。

Tip. **有關碰撞損毀免責險（事故免責險）CDW (Collision Damage Waiver)**

出租車簽約時，請確認 CDW 條件。好比說「CDW $300」是指發生事故時，由駕駛負擔 300 美金，剩下的金額則由保險處理。

J: 嗯⋯我不要那個好了。/ S: 保證金是 300 美金。

S: 車在停車場。請跟我來。

→ 出租車預約與簽約時確認事項

租借 / 歸還場所
Pickup / Return location

在其他場所歸還
Drop car off at different location

自排 / 手排
Automatic / Manual

追加駕駛
Additional Driver

Tip. 大部分追加駕駛會以每個人一天金額來追加計算。
有時也可能是免費，請跟業者確認。

燃料方法
Fuel Policy
_ **Full to Full** 加滿油後歸還
_ **Full to Low** 不加滿油歸還

- 停止

- 限制速度時速 30 哩

- 禁止暫時停車

- 禁止停車

- 讓路

- 單行道

- 超車道

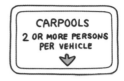

- 2 人以上乘車車輛路線

- 拖吊區

- 殘障停車位

在加油站 At a Gas Station

< 現金 >

A: 5 號加油器，10 美金。

A: 橡膠刮水器（擦玻璃）…得擦窗戶才行！

< 信用卡 >

Insert and remove card

→ Enter PIN number → Approved

- › Select grade
  (Usually choose regular ,
  the cheapest one)

→ Remove and insert nozzle

→ Start pumping gas

→ Receipt

插入信用卡並拔出

→ 輸入密碼 → 認證

→ 選擇汽油等級（一般會
  選最便宜的 regular）

→ 拔出加油器後插入

→ 開始加油

→ 收據

**Tip. 郵遞區號（zip code）？
     洗車（car wash）？**

在美國，加油前要輸入信用卡帳單
的郵遞區碼 zip code，沒有美國住
址的話可輸入「00000」。如停車場
有洗車設備的話，機器會問「Want
a car wash?（想洗車嗎？）」，視自
己的需求選擇「Yes（是）」或「No
（不）」。

➔ 在加油站有用的單字

- unleaded gasoline 無鉛汽油

- regular 一般（汽油）

- diesel 柴油

- pay inside，prepay
在櫃台用現金或信用卡先支付

- credit 信用卡／debit 現金卡

- select 選擇／cancel 取消

- insert 插入／remove 拿出

- PIN number 密碼

- enter 輸入／clear 刪除（輸入的數字）

- nozzle 加油器

- receipt 收據

禮貌！海外開車（以美國為例）

- 需擁有國際駕照及本國駕照。

- 如果有 STOP 標誌，請先停車到完全靜止，左右觀察後再重新起動。

- 紅燈時不右轉。

- 校車經過時，請減速並讓路。

- 校車停車時，請停車（在相反車道時也需停車）。

- 警察要求停車時，可舉起手表示手是空的，並根據指示出示駕照。

- 在巷子或道路上看到行人時，需停下車。相反的，若我方是行人，請趕快過馬路，以免他方的車了繼續等待。

5

文化生活
Entertainment

G: 請打開你的包包。

A: 一張成人。然後要語音導覽。

Tip. 美術館入口包包檢查？

在進入有名的建築物裡時，
有時需進行安檢。

A: 這是免費的嗎？ / C: 不是。要 7 美金。
A: 現在支付嗎？ / C: 對，然後在 2 樓領取。

S: 你是日本人嗎？ / A: 不，我是…。

S: 啊！什麼語言呢？ / A: 英語。（韓語、日語、中文、西班牙語、法語、德語）

S: 請出示您的身分證明。

→ 在售票處或諮詢櫃台

幾點關門？
What time do you close?

介紹手冊在哪裡？
Where can I get a brochure?

入口 / 出口在哪裡？
Where is the entrance / exit?

Entrance

→ 想寄放行李時

可以寄放包包嗎？
Can I check my bag?

置物櫃在哪裡？
Where are the lockers?

J: 這個演出今天晚上在這裡嗎？ / S: 是。

J: 現在可以進去嗎？ / S: 還不行。請 10 分鐘後過來。（15 分鐘後、30 分鐘後）

S: 請出示你的票券。

S: 請上樓。/ J: 請問外套室（物品保管處）在哪裡？

S: 就在那邊。/ J: 啊，謝謝。

S2: 一件外套嗎？ / J: 對。
S2: 這是號碼牌。

Tip. 在劇院請寄放外套跟大型包包！

穿外套或攜帶後背包、購物袋之類的大型包包入場觀賞演出是很失禮的，請在衣帽間（cloak room）寄放這些物品，服務人員會給你一個號碼牌，演出結束後憑號碼牌來領取。

J: 不好意思。這是我的位子。/ P: 是嗎?你的座位號碼是幾號?
J: H7。/ P: 這個座位是 G7。
J: 啊!抱歉。/ P: 沒關係。

J: 這個隊伍是什麼？ / P: 是體育場入口。
J: 售票處在哪裡？ / P: 在相反方向。

J: 你在排隊嗎？／ P2: 對。

J: 一張成人。／ T: 哪個區域？

J: 不太清楚。有前面的位子嗎？

T: 哪一隊？ / J: 道奇。100 美金以下。
T: 沒有剩下的位子。只剩上層的位子。

J: 多少錢？ / T: 78 美金 55 分。
J: 好。我要一張。

事先準備！網路預約

- 早鳥（early-bird）票

  演出、運動比賽、火車或公車…等票券，如果事先在網路上預購，就可以以優惠的價格買到不錯的位置。

- 居住國家：Taiwan 或 ROC

  網路預約時，經常需選擇居住國家。

- 國際冠碼：002

  需輸入電話號碼時，台灣的國際冠碼為 002、國碼為 886，這個部分一般可在目錄中找到，接著就是區碼（如台北為 2，需去掉 0），再加電話號碼。

- 電子郵件確認

  電子郵件收到預約的票券後，建議印出來比較好。

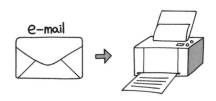

在網路預約網站上有用的單字

- buy tickets 票券購買
- date 日期
- quantity 數量
- adult 成人 / child 孩子 / senior 老人
- seat selection 位子選擇
  selected seat 已選取位子
- available 可得到的,可買到的
- sold out 售罄
- stage 舞台
- row 隊伍
- change currency 結帳貨幣單位
  (USD 美金 / NTD 新台幣)
- book now 現在預約
- delete 刪除
- payment 支付
- review 確認
- confirmation 確定

6

旅行
Travel

C: 你好。請出示護照。

C: 有幾件要托運的行李？ / A: 一件。

C: 包包請放到這上面。

C: 行李內有電池嗎？/
A: 沒有。
A: 請給我靠走道的位子。/
C: 好的。

Tip. 去機場前報到

您可以選擇透過行動裝置、電腦或機場的自助報到機進行劃位報到，並使用自助行李託運服務節省時間。各機場通關時間規定不同，敬請參考各航空公司網站的資訊。

You can board at gate number 72.

Boarding starts at twelve twenty.

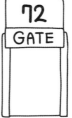

You should get to the gate at least fifteen minutes before then.

C: 請在 72 登機口登機。

C: 12 點 20 分開始登機。

C: 最少需在 15 分鐘前到登機口。

→ 里程點數 & 旅行座位確認

可以幫我累積里程點數嗎？
Can you put it on my mileage card?

請給我連號的座位。
I'd like seats next to each other.

→ 在機場櫃台托運行李時

（行李）重量超過了。
It's over the weight limit.

這個請手提（至飛機上）搭乘。
This will be a carry-on.

可以請你貼上「小心易碎」貼紙嗎？
Could you put a 'fragile' label on it?

在飛機上 On an Airplane

C: 請出示登機證。

C: 請往這邊。

A: 請再給我一個毛毯。（拖鞋、耳塞、眼罩、牙刷）

C: 我們提供牛肉跟魚。/ A: 什麼？
C: 牛肉跟魚。/ A: 請給我牛肉。
C: 請問要什麼飲料呢？/ A: 請給我水。

A: 可以幫我清理這個嗎？
A: 你先請。/ P: 謝謝。

* lavatory 化妝室/
vacant 無人/
occupied 使用中

→ 為了安全飛行

包包請放在座位下方。
Please put your bag under your seat.

請調回座椅。
Please put your seat back upright.

請把窗簾打開。
Please open your window shades.
* window shade 窗簾

安全帶警示燈亮起。
The seat belt sign is on.

→ 用英語表達有困難時

請問有會說中文的人嗎？
Are there any Chinese speakers?

A: 請問如何轉機？ / S: 請跟著「Transfer」標誌走。

A: 不好意思，我想轉機。這個方向對嗎？ /

S2: 對，請往這個隊伍。

* passport control
護照審查櫃台

A: 哪個登機口⋯？啊！
3C。

A: 喔，糟了！飛機延遲
了。

Tip. 轉機（**transfer**）？過境（**transit**）？
停留（**stop over**）？

轉機是透過其他飛機完全轉乘的「換乘」，
過境則是在中間暫時下機後搭同樣的飛機的
「經過」。轉機時間長，因此離開機場或停滯
稱為停留。

A: 真的好累。

A: 不老意思，這個位子有人嗎？ / P: 沒有。

C: 請往紐約的美國航空乘客注意。我們在登機口 3C 開始登機。

➔ 飛機延遲時

飛機延遲了。
My flight was delayed.

我可以搭轉機航班嗎？
Can I get a connecting flight?

請問 **11C** 登機口怎麼去？
How do I get to gate 11C?

➔ 錯過飛機時

我錯過飛機了。
I missed my flight.

下個航班是什麼時候？
When is the next flight?

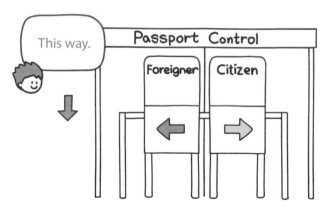

S: 是第一次來美國嗎？／

A: 對。

S: 這邊。

* foreigner 外國人／
citizen 本國人

Tip. 審查時如果聽不懂英語？

不要輕率地回答，可以説「I don't understand. Are there any Chinese speakers, please?」（我不懂。請問有會中文的人嗎？），並要求口譯。

I: 訪問目的是什麼？ / **A:** 旅行。(出差)

I: 要停留多久？ / **A:** 一週。

I: 請給我看你的來回票。

I: 會去美國的其他城市嗎？ / A: 會，波士頓跟尼加拉瀑布。

I: 你跟誰旅行？ / A: 自己一個人。

I: 請看鏡頭。

➡ **入境審查時經常被問的問題**

你來過這裡嗎？
Have you ever been here?

一個人旅行嗎？
Are you traveling alone?

要停留多久？
How long will you stay?

你會住在哪裡？
Where will you stay?

你攜帶多少現金？
How much money do you have?

海關申報 Customs Declaration

alcohol / tobacco

C: 你有要申報的東西嗎？ /
A: 沒有。
C: 有食物嗎？（酒、菸）/
A: 沒有。

Tip. 入境最後程序──海關申報
一般來說交出海關申報單就可以通過。不過若海關人員提問或要求打開包包時，需遵從指示。

✦ 補充表達 ✦

➜ 在海關可能被提出的要求或問題

請給我看海關申報單。
Show me your customs declaration card.

這些是什麼用途？
What are these for?

這個禁止攜入。
This item is not allowed.

這個要繳稅金。
You have to pay duty on this.

請打開這個包包。
Open this suitcase.

S: 你好！有什麼需要幫助的嗎？ / A: 請問有城市導覽嗎？
S: 今天嗎？ / A: 不是。明天。

S: 好，一日導覽嗎？ / A: 半天。
A: 導覽是幾小時？ / S: 4 小時。

A: 什麼時候開始？ / S: 早上 8 點跟下午 2 點。

S: 你比較喜歡哪一個？ / A: 下午 2 點。

A: 可以在這裡預約嗎？ / S: 好的。

A: 集合地點在哪？ / S: 這個中心前面。

A: 很好！

S: 請不要忘記帶這張紙。

< 登記入房 >

J: 我要登記入房。 / C: 可以看一下你的身分證嗎？
C: 都好了。需請你支付保證金 50 美金。

J: 要怎麼支付？/

C: 可用現金或是信用卡。

C: 早餐是早上 7 點到 10 點。

C: 餐廳在 1 樓。

Tip. **客房保證金、押金**

登記入房時可能要求用現金或信用卡支付保證金。退房時會歸還，但用信用卡結帳時會在 2~3 週後才能確認結帳取消。在青年旅館也可能會收毛巾或床單、枕頭套保證金。

J: 游泳池有開嗎？ / C: 有。

J: 請問開到幾點？ / C: 晚上 9 點。

Tip. 如果不想要客房打掃的話？

飯店都有清理房間的服務，如果早
上想休息到晚一點的話，可在門把
上掛「Do not disturb.（請勿打擾）」
告知服務人員。

< 退房 >

J: 我要退房。 / C: 這是帳單。

J: 這個費用是什麼？ / C: 一個晚上的城市稅。

J: 啊！我懂了。我可以寄放行李嗎？

C: 當然。你什麼時候回來呢？ / J: 大約 3 點。

C: 這是行李牌。

→ 在飯店大廳

有空房嗎？
Do you have any vacancies?
* vacancy 空房

我可以先看一下房間嗎？
Can I see the room first?

退房時間是什麼時候？
When is the check-out time?

包含早餐。
Breakfast is included.

→ 在住宿有用的單字

_ a wake-up call 叫醒服務
_ complimentary 免費
_ bath towel 沐浴毛巾
_ double room 雙人房（一張大床）
_ twin room 雙人房（兩張床）

確認！旅行準備物

- **護照**：攜帶個人資料頁面的照片或影本。

- **電子旅行許可或簽證**：根據旅行地的不同可能需要，請預先確認。特別是美國、加拿大、澳洲，必須事先透過網路申請旅行許可。雖然大部分申請後透過信用卡結帳就可完成認證，根據情況有些可能需要幾天的時間。

請一定要用英語填寫。

- 美國：ESTA（旅行授權電子系統），可居留 90 天，有效期限 2 年。

- 美屬關島、塞班島：可無 ESTA 入境。不過，審查會花很久的時間，因此建議使用 ESTA。

- 加拿大：eTA（電子旅行證），可居留 6 個月，有效期限 5 年。

- 澳洲：ETA（電子簽證），可居留 3 個月，有效期限 1 年。

- **E-Ticket（電子機票）**：旅客的相關資料是儲存於航空公司電腦系統中，不需持有實體機票搭乘，只要出示旅遊證件（如：護照、簽證）或電子機票收據，即可辦理無票登機。

- **護照第一頁影本**：預防護照遺失或其他必要情況。

- **美金或當地貨幣**：可在網路或銀行、機場兌換。

- **信用卡**：請先確認是否可在海外使用。

- **SIM 卡、Wi-Fi 分享器**：可在台灣事先購買。

- **預約證明**：可先印出住宿、演出等有預約項目的確認證明。

- **110V 轉接頭**：請先確認旅行地的電壓，必要時備著。

- **旅行相關 APP**：可事先下載需要的 APP，如地圖 APP、計程車 APP 與翻譯 APP 等。

- **其他**：請備妥旅行保險、國際駕照、國際學生證、各種折價券等需要的證明或證件。

7

日常 & 緊急
Daily Life & Emergencies

< 在便利商店 >

J: 不好意思。請問啤酒在
　 哪裡？/

C: 這裡不賣啤酒。你必須
　 去酒類賣場。

J: 在哪裡呢？/

C: 過馬路後就有了。

Tip. 如果想在外國買酒？

必須去有獲得銷售酒類許可的一部
份便利商店或酒類賣場，有時可購
買時間也有限制。結帳時也會確認
身分證，請一定要帶著護照。

J: 有零錢嗎？ / **C:** 啊！沒有。
J: 那這個我不買了。

< 在賣場 >

A: 水果看起來不漂亮！

A: 哇！麵包！（雞蛋、起士、牛奶）

A: 是買一送一耶。

C: 有會員卡嗎？ / A: 沒有。

A: 這個結帳兩次了。/ C: 喔！我幫你取消。

J: 這裡什麼紅酒好喝？ / C: 你要有甜的還是沒甜的？

J: 沒甜的。/ C: 這個很不錯。

J: 我再逛逛看。

+ 補充表達 +

→ 在食品賣場

我找不到有效期限。

I can't see the best before date.

→ 在酒類賣場

這個伏特加是幾度？

What proof is this vodka?

Tip 美國酒精度數會用 proof 標示，
酒精 4% = 8 proof。

→ 在櫃台

你少給我 1 美金。

You're a buck short.

Tip. 在美國對話中經常以 buck 代替 dollar 使用。

請給我一個<u>塑膠 / 紙袋</u>。

One more <u>plastic / paper</u> bag, please.

請幫我分開包裝。

Wrap these separately, please.

使用 ATM Using a Cash Machine

< ATM 使用法 >

1. Insert card

→ 2. Select your language (English)

→ 3. Enter your PIN

→ 4. Select a transaction (Withdraw)

→ 5. Choose an amount (Other)
   Enter the amount of your withdrawal

→ 6. Would you like a receipt? (Yes / No)

Processing…

Sorry, your transaction is denied.

Check your balance.

1. 插入卡片 → 2. 選擇語言（英語）→ 3. 輸入密碼 →
4. 選擇交易（提款）→ 5. 選擇提款額（其他金額），輸入想要
   的提款金額 → 6. 需要收據嗎？（是 / 不是）

進行中…
不好意思，交易失敗。
請確認剩餘金額。

A: 奇怪！哪裡不對了？

A: 冷靜點！在其他機器試試看。

A: 幸好！

P: 有什麼需要幫忙的嗎？ / A: 我是來報案的。
P: 你可以跟我說明發生什麼事嗎？ / A: 我不會說英語。

A: 請問有會説中文的人嗎？ /
P: 沒有。
A: 請幫我聯絡大使館。

Tip. 去警察局的話？

如果用英語很難正確説明狀況，
請拜託他們聯絡口譯或大使館。
輕率地説明，反而會讓問題更嚴
重。

→ 跟某人要求投訴時

請向警察投訴。
Call the police, please.

→ 需要大使館或口譯的幫助時

我護照掉了。
I lost my passport.

請幫我聯絡 **ROC** 的大使館。
Please call the embassy of the R.O.C.(Taiwan).

請幫我找中文口譯。
A Chinese interpreter, please.
* **interpreter** 口譯師

➜ 想使用電話時

我想打電話。
I want to make a phone call.

➜ 報案時

我想舉報一件施暴案。
I'm here to report <u>an assault</u>.

_ a robbery 強盜
_ a theft 竊盜
_ a snatching 搶劫
_ a pickpocketing 小偷
_ a car accident 交通事故
_ a hit-and-run 肇事逃逸

有人拿走了我的包包。
Someone took my bag.

J: 現在可以看醫生嗎?
   是緊急狀況。
C: 請先填寫這個表格。

Tip. 醫院請一定要預約!
美國的醫院是以預約制來進行診
療。遊客若臨時要就醫,需先前
往急診室。

< 醫院門診表 >

1. Age 年齡

2. Blood type 血型

3. Chronic illnesses 疾病
   _ **High blood pressure** 高血壓
   _ **Diabetes** 糖尿病
   _ **Asthma** 氣喘
   _ **Heart disease** 心臟病
   _ **etc**. 其他

4. For woman only 限女性
   Pregnant 懷孕中 (**Yes** 是 / **No** 不是)

5. Do you take any medication?
   有在服用藥物嗎?
   (**Yes** 是 / **No** 不是)

   If you selected 'yes', provide details here.
   若選擇「是」, 請在這裡寫下詳細內容。

   * **provide** 提供

J: 你還好嗎？ / A: 不，我覺得暈暈的。

J: 有發燒嗎？ / A: 有，我好像感冒了。

J: 從什麼時候開始的？ / A: 昨天。/ J: 去藥局吧。

P: 你好。哪裡不舒服嗎？ /

A: 有一點頭痛。（發燒、腹瀉、蚊蟲叮咬）

P: 請吃這個，一天 3 次。

J: 休息吧！ / A: 好，謝謝。

➜ 在醫院有用的單字

_ sweat 汗
_ cough 咳嗽
_ chill 發冷
_ vomiting 嘔吐
_ diarrhea 腹瀉
_ rash 起疹子
_ blood 血
_ bruise 瘀血
_ scar 傷口、疤痕
_ blood pressure 血壓
_ paralysis 麻痺
_ operation 手術
_ injection 注射, shot 注射

➜ 在藥局有用的單字

_ pain killer 止痛藥
_ anti-itch cream （用在止癢的）藥膏
_ fever reducer 退燒藥
_ digestive aid 消化藥
_ band aid OK 蹦
_ motion sickness 暈車
_ mountain sickness 高山症
_ prescription 處方箋

➔ 在醫院招待處

有接受無預約的人嗎？
Do you take walk-ins?

有哪些保險？
What kind of insurance do you have?

➔ 說明症狀、痛的程度

我很難用英語說明症狀。
I don't know how to say my symptoms in English.

肚子很痛。
My stomach is killing me.
_ eye 眼睛
_ nose 鼻子
_ ear 耳朵
_ throat 耳朵
_ tooth 牙齒
_ leg 腳

輕微的 / 嚴重的痛。
Slight / Severe pain.

→ 對於藥的服用跟效能

這個要怎麼服用？
How do I take this?

（如果服用這個）會想睡嗎？
I'll get drowsy (if I take this)?

有副作用嗎？
Any side effects?

請飯後服用。（請不要空腹服用。）
With food.

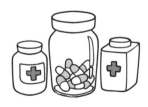

享受！假日 & 慶典

- **新年（New Year's Day）/ 1 月 1 日**

  每年的最後一天 12 月 31 日，民眾會陸續聚集在特定場所聆聽音樂、觀賞表演，一邊等待倒數的時刻。有些地方甚至會舉辦化裝遊行、花車遊行。一到零時，人們會在絢麗的煙火下彼此祝賀「Happy New Year!（新年快樂！）」。不想人擠人的民眾也可以透過螢幕觀賞現場直播，和朋友、家人一起慶祝新年的第一個瞬間。

- **情人節（Valentine's Day）/ 2 月 14 日**

  是為了紀念古羅馬一位自願秘密幫想結婚男女主持婚禮而在 2 月 14 日這天被處決的神父 Valentine，在這天，情人、夫妻、親朋好友都可以互相贈送禮物。習俗演變到今天，情人節是向心儀對象表達情意的最佳時刻，戀人相互會送收卡片、巧克力、鮮花或禮物。

- **復活節（Easter Day）/ 大致都落在 3 月 22 日～ 4 月 25 日之間（每年的日期並不固定）**

  是基督教的重要節日之一，基督徒會在這一天慶祝耶穌基督的復活。根據猶太曆，復活節是春分後的第一個滿月的第一個星期日。此時也是大地回春、萬物復甦之際，因此復活節的各項習俗或慶祝活動都與「春天」、「生命」和「希望」有關，其中以復活節彩蛋和復活節兔子最具代表性。

- **萬聖節（Halloween）/ 10 月 31 日**

  萬聖節是西方國家的傳統節日，是一個趕走惡靈的日子，孩子們會裝扮成各種恐怖的樣子，提著籃子挨家挨戶敲門大叫「Trick or Treat?」（不給糖就搗蛋），而被造訪的人家則會給予一些糖果或巧克力。

- **感恩節（Thanksgiving Day）/ 11 月最後一個星期四**

  是屬於北美與加拿大的節日，美國是每年 11 月的第四個星期四，而加拿大則是每年 10 月的第二個星期一。兩者由來不同，但都衍生成藉此表達感謝之意。在感恩節，親友通常都會聚在一起共進晚餐，火雞是餐桌上的傳統主菜。

- **聖誕節（Christmas）/ 12 月 25 日**

  又稱耶誕節，是以基督教文化為主之國家的重要節日，是一個全家團聚，一起享用聖誕大餐與送禮的時刻。通常在聖誕節前，就會開始寄卡片、裝飾聖誕樹與購買禮物，而「Merry Christmas（聖誕節快樂）」就成為這時最常說的問候語。

8

基礎表達
Basic Expressions

A: 你好！今天怎麼樣？
J: 很好，你呢？ / **A:** 很好。

Tip. 你好！

無關年紀可輕鬆地說 Hi！若是有些生疏的關係的話說 Hello！

A: 再見！ / J: 再見！
A: 保重！ / J: 保持聯絡。

Tip. 道別用語

外國人在實際對話中也經常會使用
「See ya!」來道別。

189

J: 我是約翰。你叫什麼名字？/

A: 艾莉絲。

J: 你從哪裡來的？/

A: 我從台灣來的。

Tip. 我是台灣人！

比起年齡，外國人在第一次見面時比較常問姓名、從哪裡來。

A: 你做什麼工作？ / J: 我是工程師。你呢？
A: 我是學生。（上班族）

A: 謝謝！ / J: 不客氣。
A: 太感謝了！ / J: 別在意。

J: 真的很謝謝！/
A: 很高興（能幫忙）。
A: 你人真好。/
J: 謝謝。

Tip. 對於稱讚的回答！
聽到稱讚時，可以回答「Thank you!」。

道歉 Apology

A: 我遲到了。對不起。/
J: 沒關係。
A: 對於那件事我真的感到很遺憾。

Tip. 安慰跟擔心的意味——sorry

「sorry」也有遺憾的安慰與擔心的意味在。例如說，對方受傷或失敗時，可以說「I'm sorry.」來表達「我很遺憾你變成這樣」。

J: 我跟你道歉。/ A: 沒什麼。
J: 是我的錯。/ A: 別擔心。

A: 不好意思。 / J: 請等一下。
J: 什麼事？ / A: 請幫幫我。

J: 你可以幫我一下嗎？ / A: 當然。
J: 請再說一次。 / A: 我知道了。

J: 我要去韓國，ASAP。 / A: ASAP 是什麼意思？

J: 盡可能快點。 / A: 我了解了。

A: 不過，這是真的嗎？ / J: 是。

A: 你在跟我開玩笑。 / J: 沒有，是真的。

A: 哇！祝你旅途愉快！

好！／太棒了！／真驚人！／完美！／很好！

不要！／天啊！／真可怕！／該死！／安靜（閉嘴）！

[數字 Number]

1	2	3	4	5
one	two	three	four	five

6	7	8	9	10
six	seven	eight	nine	ten

11	12	13	14	15
eleven	twelve	thirteen	fourteen	fifteen

Tip. 16 ～ 19 在 6 ～ 9 後面加上「-teen」發音即可。

20	30	40	50	60
twenty	thirty	forty	fifty	sixty

Tip. 從 20 開始，1 ～ 9 中想說的數字在後面一起使用即可。好比說，21 就是 twenty one。

70	80	90	100	1,000
seventy	eighty	ninety	hundred	thousand

第一	第二	第三	第四	第五
first	second	third	fourth	fifth

Tip. 從第六開始在最後加上「-th」發音即可。

[貨幣 Money]

• 美國貨幣單位：dollar

• 紙幣 bill

　　1 美金

　　　　　　　　　　Tip. 1 美金同時有紙幣跟銅板。
　　1 dollar

　　2 美金　　　　　　　5 美金　　　　　　10 美金

　　2 dollars　　　　　5 dollars　　　　　10 dollars

　　20 美金　　　　　　50 美金　　　　　100 美金

　　20 dollars　　　　50 dollars　　　　100 dollars

• 銅板 coin

　　1 分　　　　　　　　5 分　　　　　　　10 分

　　1 cent　　　　　　5 cents　　　　　10 cents
　　= 1 penny　　　　 = 1 nickel　　　　= 1 dime

　　25 分　　　　　　　50 分

　　25 cents　　　　　50 cents
　　= 1 quarter

[日期 Date]

星期日	星期一	星期二	星期三
Sunday	Monday	Tuesday	Wednesday

	星期四	星期五	星期六
	Thursday	Friday	Saturday

1 月	2 月	3 月	4 月
January	February	March	April

5 月	6 月	7 月	8 月
May	June	July	August

9 月	10 月	11 月	12 月
September	October	November	December

[時間 Time]

現在是幾點?
What time is it?

2:00
It's two (o'clock).

2:10
It's ten past two. / It's two ten.
Tip. past 的位置也經常用 after。

2:15
It's a quarter past two. / It's two fifteen.

2:30
It's half past two. / It's two thirty.

2:45
It's a quarter to three. / It's two forty-five.

2:50
It's ten to three. / It's two fifty.

Review

A: Caffé latte, please.

C: What size? / A: Small.

C: Anything else? / A: No.

C: For here or to go? / A: To go.

C: Your name? / A: Alice.

A: One. / W: Just a moment. Come this way.

W: Any drinks? / A: No.

W: Are you ready to order? / A: Not yet.

A: Excuse me!

A: This one, please.

W: Here you go. / A: Thanks.

W: Is everything O.K.? / A: Yes.

W: Are you done? / A: Yes.

W: Do you need anything else? / A: No, thanks. Check, please.

03 # **At a Fast Food Restaurant** p. 26

C: What would you like to have? / J: Cheeseburger, please.

C: Do you want the meal? / J: No.

C: Drinks? / J: Coke, please.

C: Sides? / J: An apple pie, please.

C: It's going to be fifteen minutes. / J: O.K.

C: Here or to go? / J: Here.

C: Your total is six forty-five. / J: By credit card.

C: Get your own drink.

04 # **Ordering Steak** p. 30

J: What would you like to have? / A: Steak and red wine.

J: O.K. Excuse me!

W: May I take your order? /

J: One mixed salad and two steaks, please.

W: What kind of dressing would you like? / J: What do you have?

W: Caesar, French, Thousand Island. / J: French, please.

W: How would you like your steak? / J: Medium rare. / A: Me, too.

W: That's all? / J: Two glasses of house wine.

W: Red or white? / J: Red.

W: Would you like more wine? / A: No, thanks.

W: Anything for dessert? / A: That's O.K.

05 # **Ordering Beer & Cocktail** p. 36

J: Do you have draft beer? / B: Yes.

B: Dark or wheat? / J: Dark, please.

A: What cocktails do you have? / B: Here is our list.

A: Mojito, please. / B: O.K.

J: Open a tab, please. / A: I'll pay it now.

J: Hey! Let me get this. / A: Oh! Thanks!

J & A: Cheers!

06 # **Booking a Table at a Michelin-rated Restaurant** p. 40

• Make a Reservation

• Date / Time / Party

• First Name / Last Name / Phone Number / Email / Option

• Complete Reservation

• Booking Confirmation

W: Did you book a table? / A: No.

W: There are no tables available at this time.

W: Put my name on the waiting list, please.

W: Inside or patio? / A: Patio.

A: How long is the wait? / W: About thirty minutes.

07 # **Buying a SIM Card** p. 48

J: Can I get a SIM card? / C: Yes. Which plan?

J: Any good ten-day plans? /

C: How about this one? Unlimited data, calls and texts.

J: How much is it? / C: Twenty dollars.

J: I'll take it. / C: O.K. Your photo ID, please.

08 # **Using Wi-Fi** p 50

A: Do you have free Wi-Fi here? / C: Yes.

A: So many different signals. Which one is it? / C: CAFE-FREE.

A: What's the password? / C: It's on your receipt.

A: It's working!

A: The signal isn't very strong.

A: Aw! This Wi-Fi is super slow.

A: This is terrible… I lost my internet connection.

A: Do you have Facebook? / J: Yes, I do.

J: I post my pictures and selfies. / A: Oh, good.

A: Friend me on Facebook.

J: What's your nickname? / A: Alice.

J: Let's find you.

J: Is that you? / A: Yes, it's me.

J: I sent a friend request. / A: I got it.

A: I'll add you. / J: Nice! Let's keep in touch.

A: Excuse me. Could you take a picture of me? / P: Of course.

A: With the background, please. / P: O.K.

A: This picture is blurry.

A: One more, please. / P: Sure.

A: Thank you so much.

11 # **Making a Phone Call** p. 62

J: Hello. Who's calling, please? / A: This is Alice.

J: Oh! Is this your phone number? / A: Yes, I got a new number.

12 # **Borrowing a Charger** p. 64

A: My battery is almost dead.

A: Do you have a power cable? / J: Yes.

A: Is there an outlet here? / J: Over there.

J: I missed three calls. I have to go, now.

A: Oh! How can I give it back? / J: Text me, please.

13 # **Using Google Maps** p. 66

A: I'm lost.

A: Excuse me. Where is the fish market? / P: I'm new here.

P: Just a moment. Oh, it's near here. / A: Great!

P: Go straight to the crossroad.

P: Then turn left.

14 # **At a Clothing Store** p. 72

S: Hello! May I help you? / A: I'm just looking.

A: Do you have this in white? / S: Yes, what size?

A: Medium.

A: Can I try them on? / S: Sure.

A: Where is the fitting room? / S: Come this way.

15 # **At a Shoe Shop**

p. 74

S: What are you looking for? / J: I'd like some sneakers.

S: How about these? / J: Oh! I like them.

J: Can I try these in an eleven? / S: Sorry, we don't have that size.

S: Why don't you try them in a ten?

J: They fit.

16 # **At a Cosmetics Store**

p. 76

A: I'm looking for toner.

A: Which one is the best? / S: This one.

A: Is it okay for oily skin? / S: Yes, it's for all types.

A: Can I try this? / S: Yes, use this tester.

S: How do you like it? / A: It's a little bit sticky.

17 # **At the Counter** p. 80

A: Where is the counter? / S: Downstairs.

C: Your total is one hundred fourteen dollars and fifty cents.

A: Is this the sale price? / C: Yes, it is.

C: PIN number, please.

C: Please sign here.

C: Here is your receipt.

18 # **Receiving a Tax Refund** p. 82

A: Can I get it tax free? / C: Yes, show me your passport.

C: Here is your tax refund form.

Fill this out and turn it in at the airport.

19 # Doing Refunds & Exchanges p. 84

J: I'd like a refund.

C: Can I have the receipt? / J: Yes, here it is.

C: Oh, it was a sale item.

C: Sorry, we can't refund this.

J: It's damaged here. / C: Hmm…

J: I'd like to exchange it.

C: You can get a different one. / J: Thanks.

20 # Online Shopping Service p. 88

Hello.

My name is Alice. My order number is 12345.

I received a damaged item.

I would like to return my order and get a refund.

I've attached pictures.

Please confirm and inform me what I should do next.

I'm looking forward to your reply.

Best regards,

Alice

A: Where is the bus stop? / P: Two blocks from here.

A: This way? / P: Yes.

A: Can I get a bus to downtown there? /

P: No. You'll need to transfer.

A: What's the best way? / P: Subway.

A: How can I get to the metro station? / P: The nearest one…

P: Just around the corner.

A: One ticket to downtown.

A: Which way goes downtown? / P2: On the other side.

D: Where are you going? / J: City Hall, please.

D: Seat belt, please.

J: A traffic jam!

J: How long does it take? / D: About twenty minutes.

J: Pull over here, please.

J: Keep the change.

23 # **Buying a Train Ticket** p. 100

A: One ticket to L.A., please.

T: When? / A: Tomorrow, around 3 p.m.

T: The train will depart at a quarter after three.

A: Do I transfer? / T: No.

A: How much? / T: Which class?

A: The cheapest one.

T: One way or round trip? / A: One way.

T: One hundred thirty-five dollars. / A: O.K. One ticket, please.

A: I have a student card. / T: You get a ten percent discount.

A: Which platform? /

T: You can check for it on the departures screen tomorrow.

24 # **Using Rental Cars** p. 104

J: I booked online. Here is my voucher.

S: Your ID and driver's license.

S: Check your details and sign, please.

J: Automatic, gasoline, GPS, full coverage insurance.

   Is this right?

S: Yes, but CDW is five hundred dollars.

   Extended coverage is twelve dollars per day.

J: Hmm… I don't want it. /

S: The deposit fee is three hundred dollars.

S: Your car is in the parking lot. Follow me.

A: Pump number five, ten dollars.

A: Squeegee... Let's clean the windows!

Insert and remove card

> Enter PIN number > Approved

> Select grade (Usually choose regular, the cheapest one)

> Remove and insert nozzle

> Start pumping gas

> Receipt

G: Open your bag, please.

A: One adult, please. And an audio guide.

A: Is it free? / C: No. Seven dollars.

A: Pay for it now? /

C: Yes. And then pick it up on the second floor.

S: Japanese? / A: No. I'm Korean.

S: Ah! Which language? / A: English.

S: Your ID, please.

27 # At a Theater
p. 120

J: This show will be here tonight? / S: Yes.

J: Can I get in now? / S: Not yet. In ten minutes.

S: Your ticket, please.

S: Go upstairs. / J: Where is the cloak room?

S: It's right there. / J: Ah, thanks.

S2: Just one coat? / J: Yes.

S2: Here is your number.

J: Excuse me. This is my seat. / P: Oh? What's your seat number?

J: H7. / P: This one is G7.

J: Oh! So sorry. / P: No problem.

28 # At a Stadium
p. 124

J: What is this line for? / P: The stadium entrance.

J: Where is the ticket counter? / P: On the opposite side.

J: Are you in line? / P2: Yes.

J: One adult. / T: Which section?

J: I have no idea. Any front row seats?

T: Which side? / J: Dodgers. Under one hundred dollars.

T: No seats left. Only upper level seats are available.

J: How much are they? /

T: Seventy-eight dollars and fifty-five cents.

J: O.K. I'll take one.

29 # **Airport & Baggage** p. 132

C: Hello. Your passport, please.

C: How many bags are you checking? / A: One.

C: Please put your bag here.

C: Any batteries in your baggage? / A: No.

A: Aisle seat, please. / C: O.K.

C: You can board at gate number 72.

C: Boarding starts at twelve twenty.

C: You should get to the gate at least fifteen minutes before then.

30 # **On an Airplane** p. 136

C: Your boarding pass, please.

C: Go this way.

A: One more blanket, please.

C: We are serving beef and fish. / A: Pardon?

C: Beef and fish. / A: Beef, please.

C: What would you like to drink? / A: Water, please.

A: Could you clean this up, please?

A: Go ahead. / P: Thanks.

31 # Doing Transfers p. 140

A: How can I transfer? / S: Follow the 'Transfer' sign.

A: Excuse me, I want to transfer. Is this the right way? /

S2: Yes. Get in this line.

A: Which gate…? Ah! 3C.

A: Oh, no! The flight is delayed.

A: I'm so tired.

A: Excuse me, is this seat taken? / P: No.

S: Attention, all American Airline passengers going to New York.
    We will begin boarding at gate 3C.

32 # Immigration p. 144

S: Is this your first visit to America? / A: Yes.

S: This way.

I: What is the purpose of your visit? / A: Travel.

I: How long are you staying? / A: For one week.

I: Show me your return ticket.

I: Will you visit another city in the U.S.? /

A: Yes, Boston and Niagara Falls.

I: Who are you traveling with? / A: By myself.

I: Look at the camera.

33 # Customs Declaration p. 148

C: Do you have anything to declare? / A: No.

C: Do you have any food? / A: No.

34 # Local Touring p. 150

S: Hello! May I help you? / A: Are there any city tours?

S: Today? / A: No. Tomorrow.

S: Yes, a one-day tour? / A: Half-day.

A: How long is the tour? / S: 4 hours.

A: When do they begin? / S: 8 a.m. or 2 p.m.

S: Which one do you prefer? / A: 2 p.m.

A: Can I book it, here? / S: Yes.

A: Where is the meeting point? / S: In front of this center.

A: Nice!

S: Don't forget to bring this sheet.

J: Check-in, please. / C: May I have your ID?

C: O.K. We require a fifty-dollar deposit.

J: How can I pay? / C: Cash or credit.

C: Breakfast is from 7 to 10 a.m.

C: The restaurant is on the first floor.

J: The swimming pool is open? / C: Yes.

J: How late is it open? / C: 9 p.m.

J: Check-out, please. / C: Here is the bill.

J: What is this charge? / C: It's the city tax per night.

J: Ah! I see. Could you keep my baggage?

C: Sure. When will you come back? / J: About 3 p.m.

C: Here's your baggage tag.

36 # **At a Convenience Store & Market** p. 164

J: Excuse me. Where is the beer? /

C: We don't sell beer here. You need to go to the liquor store.

J: Where is it? / C: Just across the road.

J: Do you have change? / C: Oops! We don't have any.

J: I'll put it back.

A: This fruit doesn't look good!

A: Wow! Bread!

A: Buy one, get one free.

C: Membership card? / A: No.

A: You charged me twice for this. / C: Oh! I'll cancel it.

37 # **At a Liquor Store** p. 168

J: What red wine is good here? / C: Dry or sweet?

J: Dry. / C: This one is great.

J: I'll look around a little more.

38 # **Using a Cash Machine** p. 170

1. Insert card

> 2. Select your language (English)

> 3. Enter your PIN

> 4. Select a transaction (Withdraw)

> 5. Choose an amount (Other)

    Enter the amount of your withdrawal

> 6. Would you like a receipt? (Yes / No)

Processing...

Sorry, your transaction is denied.

Check your balance.

A: No way! What's wrong?

A: Take it easy! Let's try another machine.

A: Thank goodness!

39 # At a Police Station

p. 172

P: How can I help you? / A: I'm here to make a report.

P: Can you explain what happened? / A: I can't speak English.

A: Any Korean speakers? / P: No.

A: Please call the embassy.

40 # At a Clinic

p. 176

J: Can I see a doctor right now? It's an emergency.

C: Please fill out this form first.

1. Age

2. Blood type

3. Chronic illnesses

_ High blood pressure

_ Diabetes

_ Asthma

_ Heart disease

_ etc.

4. For woman only

Pregnant (Yes / No)

5. Do you take any medication? (Yes / No)

If you selected 'yes', provide details here.

J: Are you O.K.? / A: No, I feel dizzy.

J: A fever? / A: Yes. I think I have a cold.

J: Since when? / A: Yesterday. / J: Let's go to the pharmacy.

P: Hello. How are you feeling? / A: I have a little headache.

P: Take this, three times a day.

J: Get some rest! / A: O.K., thanks.

42 # **Greeting** p. 188

A: Hi! How are you?

J: I'm good, and you? / A: I'm O.K.

A: Good bye! / J: See you!

A: Take care! / J: Let's keep in touch.

43 # **Introduction** p. 190

J: I'm John. What's your name? / A: I'm Alice.

J: Where are you from? / A: I'm from Korea.

A: What do you do? / J: I'm an engineer. How about you?

A: I'm a student.

44 # Thanks p. 192

A: Thank you! / J: You're welcome.

A: Thanks a lot! / J: No problem.

J: Thank you so much! / A: My pleasure.

A: You're so kind. / J: Thanks.

45 # Apology p. 194

A: I'm late. I'm sorry. / J: That's alright.

A: I'm so sorry about that.

J: I apologize. / A: It's not a big deal.

J: It was my fault. / A: Don't worry.

46 # **Asking**   p. 196

A: Excuse me. / J: Just a moment.

J: What's up? / A: Help me, please!

J: Would you do me a favor? / A: Of course.

J: Please say it again. / A: I see.

47 # **Confirmation & Answer**   p. 198

J: I'll go to Korea, ASAP. / A: What does it mean, ASAP?

J: As soon as possible. / A: I got it.

A: Anyway, really? / J: Yes.

A: You're kidding me. / J: No. I'm serious.

A: Wow! Have a nice trip.

Yes!

Amazing!

Awesome!

Perfect!

Good!

No!

Oh my god!

Terrible!

Shit!

Shut up!

全圖解一天 3 分鐘情境英語：
生活與旅行會話雙效合一

作　　者：J. Young
譯　　者：陳慧瑜
企劃編輯：王建賀
文字編輯：王雅雯
設計裝幀：張寶莉
發 行 人：廖文良

發 行 所：碁峰資訊股份有限公司
地　　址：台北市南港區三重路 66 號 7 樓之 6
電　　話：(02)2788-2408
傳　　真：(02)8192-4433
網　　站：www.gotop.com.tw
書　　號：ALE003800
版　　次：2020 年 07 月初版
建議售價：NT$250

國家圖書館出版品預行編目資料

全圖解一天 3 分鐘情境英語：生活與旅行會話雙效合一 / J.
Young 原著；陳慧瑜譯. -- 初版. -- 臺北市：碁峰資訊,
2020.07
　　面 ;　　公分
　　ISBN 978-986-502-529-8(平裝)
　　1.英語 2.會話
805.188　　　　　　　　　　　　　　　　　　109007690

讀者服務

● 感謝您購買碁峰圖書，如果您
　對本書的內容或表達上有不
　清楚的地方或其他建議，請至
　碁峰網站：「聯絡我們」\「圖
　書問題」留下您所購買之書籍
　及問題。(請註明購買書籍之
　書號及書名，以及問題頁數，
　以便能儘快為您處理)
　http://www.gotop.com.tw

● 售後服務僅限書籍本身內容，
　若是軟、硬體問題，請您直接與
　軟、硬體廠商聯絡。

● 若於購買書籍後發現有破損、
　缺頁、裝訂錯誤之問題，請直接
　將書寄回更換，並註明您的姓
　名、連絡電話及地址，將有專人
　與您連絡補寄商品。